Remerciements

Je remercie toutes celles et ceux qui m'ont donné envie de commencer à écrire, celles et ceux qui m'ont incité à m'y remettre quand j'arrêtais et m'ont dit de continuer de plus bel.

Je remercie mes parents, mes amis, mes premières lectrices, mes premiers lecteurs, ma concubine et ma mère qui ont participé à la correction, tous mes soutiens, d'hier à aujourd'hui, puis les futurs aussi.

Préambule

Je crois.
Je crois que dans la complexité du monde,
Nous aspirons tous à trouver un sens à la vie.
Je crois en la mort symbolique et en la renaissance.

Je crois que beaucoup ont quelque chose à découvrir,
Qu'on a tous quelque chose à dire, quelque chose à faire,
Et que nous avons tous quelque chose à transmettre.
Je crois à la vie, même encerclé de nihilistes.

*Inter Nubila : Entre les nuages

***

« Au tout début, il y avait les muses. »

J'avais arrêté d'écrire, mais grâce à l'une d'elles je m'y suis remis. Ayant gagné en maturité, j'ai voulu raconter ma vie plutôt que de me replonger tout de suite dans l'imaginaire pur.

Mais qui suis-je pour écrire une biographie. Et puis je ne suis pas encore assez vieux pour étaler mes expériences. J'en ai encore beaucoup à vivre.

Par le hasard des rencontres, des lectures, et des réflexions, j'ai fini par mettre suffisamment d'ordre dans ma tête pour me faire croire à une forme de destin.
Du moins mon esprit avait finit par être structuré, et tout ce qui faisait mon être commençait à faire sens.
Ainsi j'ai voulu honorer celles qui m'avaient permis d'arriver à cette conclusion qui me fut si bénéfique,
et je les nommais les muses.

J'ai également voulu partager ces pensées, venues de la philosophie et de mes introspections.
J'ai réalisé que l'état de flou dans lequel j'avais baigné si longtemps dans ma vie, était plus ou moins partagé par bon nombre de personnes de ma génération. Alors porté par l'envie de transmettre la vie, j'ai créé ce recueil comme un enfant, à qui je voulais aussi transmettre les codes qui m'ont permis de vivre mieux.

A tout ça s'ajoutent quelques textes non transmissibles, mais très personnels, et d'autres qui ne sont là que pour l'esthétique de verbe, si j'osais voir en moi un tel talent. Mais ce n'est pas à moi d'en juger. C'est à vous, lectrices et lecteurs.

C'est finalement un peu comme si je voulais vous transmettre ce que je perçois de la vie, comme si vous étiez vous-même mes enfants.

Écriture vivante

Le Roman de Sa Vie

Il est un texte qui s'écrit en une vie,
Et que l'on ne couche pas toujours sur papier.
Tout artiste en herbe sait que celui-ci
Est important pour lui comme pour l'étranger.

Ce roman-là est personnel et tout le monde se l'écrit.
Ce qui rend l'auteur exceptionnel,
Réside en son récit.

C'est ainsi que s'illumine l'individu,
Et que l'autre devant lui s'émerveille.
Ami désirant tisser des liens étendus,
Apprends à narrer une histoire pareille.

À ce jeu-là, tout le monde peut se sentir poète.
Je dirais même que tout le monde le devrait.
C'est ainsi que sonneront les jours de fête,
Et que s'enfuiront les chimères de la morosité.

Ne dit-on pas que l'on est l'écrivain du livre de sa vie ?
Que cette dernière soit triste ou réjouie,
Soyez maintenant le conteur de votre récit.

Notes :

De tous temps les hommes ont aimé les histoires, mais à trop dresser les histoires des autres, on en oublie la nôtre.

À notre époque, on nous demande surtout de savoir nous vendre en vue d'un emploi, mais savoir raconter son histoire est pourtant d'une importance capitale pour les relations humaines et pour soi-même.

Apprendre à se raconter, c'est avant tout se connaître, connaître ce qui nous a été transmis par nos ancêtres, et indirectement, connaître les autres et son rapport à l'autre.

Il s'agit de donner un sens à sa vie. C'est quelque chose de primordial.

Mon propre poète

Perdus. Nous sommes simplement perdus.
Qui êtes-vous ? Que faites-vous dans la vie ?
Ainsi nous vendons des titres convenus.
Un étalage de babioles qui irritent et ennuient.

En réalité, tout le monde a quelque chose à déclarer,
Même les plus introvertis.
Pourtant chacun pense avoir des choses à dissimuler
Les plus bavards y compris.

Si l'on doit promouvoir sa propre personne,
Plutôt que des titres, ne devrait-on pas vendre du rêve ?
Une belle histoire que les mythes façonnent,
N'est-ce pas là ce que l'on réclame sans trêves ?

Il s'agit de vous. Et vous vous connaissez si bien.
Ou si ce n'est le cas, apprenez-vous par cœur,
Comme l'on apprend un poème étant gamin.

Et lorsque l'on sait enfin romancer sa vie,
Qu'en vous elle fait sens de bout en bout,
En la contant elle devient alors poésie

Notes :

Tout le monde a quelque chose à dire. J'ai appris ça assez tôt. Mais bon nombre de personnes n'osent pas l'énoncer, et plus encore beaucoup ne communiquent pas suffisamment avec eux-mêmes pour clarifier ce qui les hantent, ni trouver les mots justes pour énoncer ce qu'ils auraient à dire.

C'est pourquoi il est important de savoir se raconter. J'ai souvenir qu'écrire un journal intime est souvent bénéfique pour mettre à plat ce qu'on a en soi. C'est une pratique qui semble tomber en désuétude, ou bien que personne n'ose avouer, mais qui a pourtant fait ses preuves à tout âge.

De La Désacralisation Du Génie

Qui étaient donc ces grands
Dont les œuvres nous ont été maintes fois ressassées.
Grands au point que l'on se plait à croire aux preuves
Que les génies n'existent qu'au passé,
Comme des héros mythiques d'un temps révolu.

Pour autant, ne faisons-nous pas fausse route
À déifier nos précurseurs prodiges ?
Après tout, ils ne sont que nos semblables,
Et seul leur art est éternel.

Verba volant, scripta manent
Les paroles s'envolent, les écrits restent.

Mais alors pour exemple, qui était Rimbaud,
Sinon un simple amoureux du verbe,
Qui fit de sa vie presque tout,
Sauf ce qui a porté son nom dans la mémoire du monde.
Quoi donc le différencie de n'importe quel amateur de texte
Lu, écrit ou chanté ?

Rien.
Sinon le simple fait de faire.

Sur cent textes ayant contribué à son sacre,
Combien de feuilles mises en corbeille,
Combien de désespoirs à l'idée
Que son imaginaire ne lui survive.
Mais il a fait. Il s'est instruit, puis a créé.
Seule l'expérience du mauvais texte jeté
Apprend à qui persévère l'intuition du texte gardé.

Loin de moi l'idée de dénigrer,
Les œuvres méritent leur dû.
J'entends simplement que pour en arriver là,
Ils ont été bien plus acteurs de leur vie,
Que des génies.

En fin de compte,
La chance sourit aux audacieux.
Si vous avez un rêve d'art,
Vous en êtes le principal gardien,
Et le principal libérateur.
Libérez-le alors, pour vous, et pour les autres.

Et comme transmettre se fait en créant,
Il faut alors créer, sans cesse,
Pour que vous n'ayez rien à regretter,
Et que vos successeurs
Aient des choses à recevoir.

Notes :

J'ai longtemps eu cette impression que les auteurs, les peintres et inventeurs du passées étaient pareil à ces temps mythiques et mystiques qu'on imagine du passé lointain : intouchables et déifiés.

Quand on a peu confiance en soi, et qu'on regarde ses propres productions du haut de son jeune âge, on se sent vite en échec par le fossé qui nous sépare des icones. Mais on oublie souvent la vie réelle qu'ont eut bon nombre de ces illustres ancêtres.

J'ai finalement trouvé intéressant et valorisant de réaliser qu'elles avaient été leurs vies, longues d'apprentissages, sinueuses et parfois hasardeuses.

Dialogue

Je suis Enfant,
Je suis ange naïf
Mais curieux.

Je n'ai pas les clés
Pour affronter le vif.
Quoi de mieux ?

Je rêve, beaucoup.
J'accumule, j'apprends un peu.

Pour autant je me doute,
Ce statut ne m'est pas éternel.

Du moins il ne le doit pas.
Je suis en vérité,
Resté trop longtemps ici,
À rêver.

Ô pour sûr, rêver ne fait pas tant de mal,
Du moins j'aime à le croire.
Pour autant je me sens bloqué, coincé,
Étriqué dans ce monde qui évolue me laissant dans la brume.

Ce monde ? Ou peut-être est-ce seulement moi
Qui suis enclavé dans un corps trop vieux
Pour rester dans la lune.
Je suis Adulte,
Du moins j'aime à le croire.

J'ai joué ce jeu du mieux que je pouvais,
Acceptant ses codes et ses usages.
Je me dis que c'est une procédure éprouvée,
Et qu'elle est on ne peut plus sage.

Pour autant je doute.
Ce statut ne me semble pas si essentiel.
Je suis en vérité, resté trop longtemps ici,
À m'égarer.

Ô pour sûr, j'ai appris à me nourrir, à me loger.
De mes erreurs j'ai su tirer parti,
Mais de mes rêves je me suis écarté.

Pourtant aujourd'hui, je connais le jeu.
J'en connais les enjeux, en partie.
Mais je me retrouve vieillissant dans un corps trop vieux
Pour pouvoir de nouveau rêver.

Bonjour Adulte, je suis Enfant.
Je suis toi, tu es moi,
Mais tu m'as oublié comme je t'ai repoussé par le passé.

Je le confesse, j'ai été trop mou, trop niais.
Et tu as été trop rude, trop dur, trop résigné.

Maintenant faisons la paix.
Ces rêves que tu sembles regretter,
Je les ai toujours possédés.
Cette expérience que tu as, elle m'aurait tant bénéficié.

À deux nous pouvons encore tout réparer.
Donne-moi tes procédures, tes sagesses et ton assiduité.
Je te donnerai les rêves que si longtemps
Tu as mis de côté.

Il est temps pour nous de fusionner.

Maintenant faisons la paix.

Notes :

Ce texte-là est assez personnel. Et en même temps, il parlera surement à bon nombre de personnes. C'est l'un des premiers que j'ai écrits.

Quand on grandit, et que l'on se sent stagner, il est important je pense de revoir l'enfant en nous, et savoir ce qu'il aurait voulu

Apprendre

Amor Fati

Tant de choses nous fâchent,
Tant d'expériences nous accablent.
Face à tous ces affronts que la vie nous crache,
On serait tenté de se sentir misérable.

Mais en tout il y a du bon,
Et le reconnaître permet toujours d'avancer.
Notre rapport à l'erreur en dit long.
Un problème n'est qu'un jugement erroné.

Alors l'amour du destin nous apprend ceci :
Maintes fois le genou à terre,
Milles fois rendu amer,
Trouver un sens nourrit grandement l'esprit.

Tout arrive pour une raison.
Il faut se le dire.
C'est ainsi qu'après conclusion,
On en finit par sourire.

Notes :

Amor Fati est une locution latine évoquée par Nietzsche, et qui se réfère au stoïcisme, philosophie religieuse très en vogue au sein de l'empire romain.

Amor Fati, c'est littéralement « l'amour du destin ». Comprendre le stoïcisme, comme pour beaucoup de mouvements spirituels, c'est comprendre sa place dans le monde.

Ici, il s'agit de comprendre que les aléas du monde et de nos vies font partie du cycle du monde, et qu'il est vain d'en être offusqué. Ainsi, si une chose qui semble mauvaise nous arrive, si elle n'est pas de notre fait, il est inutile de se plaindre. Il est préférable d'accepter le destin, et d'aimer même les coups les plus bas de la vie pour ce qu'ils nous apprennent et nous font emprunter comme chemins divergents.

Notez qu'il n'est pas ici question de se laisser faire en toutes circonstances, loin de là. Il s'agit seulement de relativiser ce sur quoi vous n'avez pas d'emprise. Il se trouve qu'à renforts d'introspection, j'ai fini par trouver un sens au monde, et réalisé que de croire en une sorte de cohérence des aléas du monde par ce qu'on en tire de positif, est quelque chose de structurant pour l'esprit, et aide à affronter le monde avec un plus beau sourire.

Nihil Perditi

Je n'ai fait aucune erreur, et je n'ai aucun regret.
J'ai fait précisément ce qu'il fallait pour devenir moi.
J'aime ce que je pourrais être,
De la fortune ou de mon fait
Et j'aime la misérable créature que j'étais autrefois.

Je crois au destin, ou bien je me force à y croire.
Du moins j'ai fini par y croire après introspection.
Je crois au destin dans le simple but d'y croire
Parce qu'il permet une certaine émancipation.

Il semble exister en nous cet incroyable pouvoir
Qui permet de s'aimer, de vivre plus heureux,
Et de tourner toute sa fortune et ses déboires
En une autre tournure allant du bien au mieux.

Ce pouvoir nécessite aussi de voir au fond de soi
Pour ne pas y nier ses échecs et ses propres larmes.
Alors le pouvoir activé, retrouvant une forme de foi
Les échecs se font leçons et les pleurs se font charmes.

Si d'aventure le destin vous fait trouver votre voie,
Alors donnez-vous le droit d'être enfin galvanisé.
En définitif, il faut parfois de la discipline pour être soi,
Pour ne pas subir la vie, et accomplir ce que l'on est.

Fuyez tout esprit trop cartésien, trop terre à terre,
Ou qui nierait les sciences de la nature et de l'esprit.
Gardez-vous des nihilistes et leurs discours délétères.
C'est en vous que sommeillent
Les plus doux secrets de la vie.

Notes :

Locution latine encore. Stoïcisme toujours, mais cette fois il s'agit d'une formule empruntée au César Marc Aurèle.

Nihil Perditi, comprenez : « Rien n'est perdu ».

Cette phrase met en lumière l'idée que tout arrive pour une raison, ou bien qu'en toute chose il y a du bon. Pour faire simple, n'ayez aucun regret, tout ce qui vous arrive de bon ou de mauvais a aussi pour but de créer la personne que vous êtes.

Comprenez ce qui vous arrive, donnez-y un sens, et nourrissez-vous de cela. On est donc encore ici face à une certaine perception de ce qu'on pourrait appeler le destin.

Aut Liberi, Aut Libri

J'étais enfant qui lisait, Je suis adulte qui écrit.
Je suis toujours associé à ce monde de l'esprit.
J'ai dans l'idée que la transmission est la vie,
Bien plus que le plaisir et tout ce qui asservi.

« Aut Liberi, Aut Libri » ? Pourquoi faire un choix ?
Pourquoi ne pas donner la vie et les écrits d'autrefois ?
On transmettrait des choses de bien meilleur aloi
Que les biens et plaisirs que ce monde nous octroie.

« Et Liberi, Et Libri » devrait être la norme à mon sens.
Si tout un chacun participe au Tout, je le pense,
Même les paresseux et les destructrices croyances,
Ne survivront que les gènes, les idées et expériences.

Notes :

Du latin, encore du latin. Par cette formule nous revenons à Nietzsche. Aut Libri, Aut Liberi : Ou des enfants, ou des livres.

L'idée est que depuis toujours, les Hommes transmettent ce qu'ils sont aux générations futures. Ou ils transmettent leurs gènes, ou ils transmettent leur savoir et leur savoir-faire.

Mais au fond, pourquoi ne pas participer au monde et au cycle de la vie en travaillant ardemment aux deux.

Le singe savant

Ouvrez les yeux, et observez
L'air orgueilleux de ce chimpanzé.
Regardez-le avec tous ses objets.

Il est tantôt doux, tantôt bagarreur,
Ou bien touche-à-tout puis constructeur,
Ou encore philosophe et ingénieur.

N'a-t-il pas maintenant fière allure ?
Voilà qu'il se croit hors de la nature,
À débattre quelle idée est la plus pure.

Voyez-le se fâcher contre ses congénères,
Si persuadé d'être un savant extraordinaire,
Qu'il ne voit pas le babouin caché derrière.

Alors le babouin se rue sur les chimpanzés,
Et massacre sauvagement toute la lignée.

Le dangereux primate hurla alors pour inviter
Tous ses amis à venir avec lui se sustenter.

On oublie souvent que la nature est cruelle,
Qu'elle tue toujours ceux qui croient faire fit d'elle.

À quoi bon débattre ou se creuser les méninges,
Si le savant oublie toujours qu'il est un singe.

Notes :

A trop être obsédé par la technologie, on tend à oublier que notre nature profonde est animale.

D'une certaine manière, j'ai l'impression que le transhumanisme a fait son chemin dans l'esprit des foules, sans trop qu'on ne s'en rende compte.

J'ai voulu ce texte comme une analogie entre l'Homme et le singe. Bon nombre de nos comportements trouvent des échos comparables à la plupart des autres espèces, qu'il s'agisse de relations au sein de groupes sociaux, de rapports de force, et de hiérarchies (peu importe l'ordre de préséance vers lequel la sélection naturelle les ait orientés).

En termes de rapports de force, on y retrouve aussi les archétypes que l'on confère à l'Histoire des peuples : le barbare et le décadent (ni l'un ni l'autre n'étant précisément ce que l'on s'imagine couramment).

Pouvoir

Moi volant je me ferais oiseau,
Parcourant de grands paysages,
Invisible je me ferais souriceau,
Prompt à tous les enfantillages.

Si je pouvais être tel un dragon,
Je réduirais l'ennemi par le feu,
Et si j'avais les traits de Cupidon,
Je séduirais tout, j'en fais l'aveu.

Mais nous avons déjà ces pouvoirs,
Pourtant si présents dans nos rêves,
Grâce au simple fait de les vouloir
Lors de nos vies pourtant si brèves.

Si nous rêvons de grands résultats,
Rêvons plutôt de voyages intérieurs,
D'actions, de douleurs et de joies,
Pour enfin rayonner à l'extérieur.

Notes :

Pouvoir, et Vouloir. Sujet important. Il ne s'agit bien sûr pas de pouvoir surnaturel comme on en voit dans la plupart des films à gros budget de nos jours.

Il s'agit d'accepter le pouvoir que l'on peut avoir sur soi et sur le monde, et cela se fait par la volonté, sans jamais rien lâcher. Il ne faut pas avoir peur du pouvoir, ou de vouloir être meilleur. Voyez ça comme un poème de motivation. Donnez-vous le droit et les moyens de rayonner.

Le temps Disponible

Libre est celui qui s’approprie le temps.
Esclave est celui qui ne le peut.
Ce temps qui passe nonchalamment,
Peut être opportunité pour qui le veut.

Cette bête-là n’attend que d’être prise,
Attrapée au vol, par choix ou non,
Et c’est lorsqu’on l’a sous son emprise,
Que d’elle-même elle nous fait don.

Si d’aventure vous vous emparez du temps,
À vous deux choix seulement devraient s’offrir :
S’ennuyer d’abord, puis créer assidument.
Consommer ne doit être qu’un moyen d’accomplir.

Tout d’abord laissez-le couler en vous lentement,
Pour qu’il dévoile à vos yeux vos talents.
Il est plus sain qu’on ne le croit maintenant,
De pratiquer l’introspection régulièrement.

Ensuite prenez-le par les cornes et cadrez-le.
Faites de lui ce que vous pouvez et menez-le.
Créez sans ménagement et faites au mieux,
Jusqu’à trouver satisfaction à vos yeux.

Du temps disponible, on n’en a jamais trop,
Mais ce qu’on en fait est tout ce qui compte.
Le temps se révèle être ce qu’il y a de plus beau,
Pour tout ce que de nous-même on y conte.

Notes :

Le temps est la ressource qui nous est le plus cher. Elle définit obligatoirement tous nos besoins, autant que le sens que l'on peut donner à nos vies, dans la mesure où ces dernières sont limitées.

C'est pourquoi il faut prendre soin du temps qui nous est imparti, l'optimiser pour en faire quelque chose, pour ne pas être moins qu'un grain de poussière dans le sablier.

C'est lorsqu'on se fait voler la majeure partie de son temps que l'on perd sa liberté. Et l'emploi pour autrui et la surabondance de divertissements est un excellent moyen pour perdre son temps.

Nature

On dit de toi que tu es harmonieuse et libre.
Tu serais même magnifique enchérissent certains.
Tu parais symbole du plus grand équilibre
Et l'on t'estimera phare pour nous guider demain.

On dira bien sûr que l'on te malmène,
Que l'homme de toi s'est dissocié,
Et beaucoup d'entre eux te prennent en peine,
Mais c'est bien vite oublier ce que tu es.

Ta liberté prédatrice ne permet la survie
Que des plus aptes.
Tu as toi-même changé dix fois de peau,
En sont témoins les cieux,
Et chaque fois par tes enfants à l'instinct toujours intact,
Tu annihilas ceux qui n'étaient plus bons à tes yeux.

Cruelle Nature, violente Nature,
Entité de création et de destruction.
Alors que tout le monde te croit pure,
Prendre et donner n'est pourtant que ta seule vocation.

On oublie bien vite que l'on est né
D'une chose qui détruit et crée.
Et si l'homme de Nature s'est éloigné,
C'est qu'il la croit moins destructrice qu'elle ne l'est.

Notes :

On a souvent une idée naïve de la nature. On ne pense qu'à sa beauté physique, apparente, en opérant un jugement parfaitement humain.

On aime la verdure, les forêts, les savanes et les grandes étendues maritimes. Mais si l'Homme fait partie de la nature, cette dernière n'est pas humaine. Elle ne juge pas. On oublie à quel point elle est cruelle, et il faut accepter qu'elle le soit, et accepter d'en faire partie en tant que tel.

Il vaudrait mieux la voir comme une suite de créations et de destructions perpétuelles, dans laquelle les éléments les plus aptes survivent au contexte géologique.

Rêve et Imaginaire

Si ce qui peut être touché appartient à la nature,
L'invisible est le domaine du rêve et de l'imaginaire.
C'est lui qui de tous temps pour l'homme a bâti le futur
Façonnant les mêmes, les liens et les bannières.

Il est à l'humanité comme il est à chaque individu
Aussi universel que personnel, nul ne peut l'accaparer.
Pour autant, à son recours beaucoup se sont perdus,
Dans ses méandres, et se sont exclus ou bien noyés.

La perte d'imaginaires communs en est une raison.
Certains rêves d'hommes tendent à se propager,
Jusqu'à devenir des cultures et des civilisations.
Rares sont ceux qui conquièrent l'humanité.

Le rêve peut perdre les individus d'une autre façon,
Lorsque le réel est substitué à son domaine infini.
On devient amoureux du rêve et de ses contrefaçons,
Lorsque face au monde et ses farces
On se trouve démuni.

L'imaginaire, alors bête capricieuse et indomptable,
A de commun avec la nature de créer et détruire.
S'il peut unir des peuples,
Et Dieu sait qu'il en est capable,
Il peut aussi isoler les gens ou bien leur nuire.

Notes :

J'ai toujours été un rêveur. Du moins c'est ce qu'on a souvent dit de moi. Mais j'ai longtemps été un rêveur passif, rêvant pour s'évader.

Et puis en m'intéressant aux idées de tous bords, de la politique aux spiritualités, j'ai fini par comprendre ce que l'humanité devait aux rêves.

J'ai finalement fait la distinction claire entre le rêve individuel, et le même. Un même, c'est une idée, qui sorti de l'individualité fait son chemin dans l'esprit des gens jusqu'à ce qu'il soit partagé par un ensemble de personnes, jusqu'à en devenir une communauté, avec son fonctionement propre. Un idéal de société est un même. Une religion est un même. Ce sont les exemples les plus flagrants qui me viennent à l'esprit. Les mystiques d'hier parlaient d'égrégores. Les chercheurs d'aujourd'hui parlent de psychologie des foules. Ainsi le rêve, l'idée, peut former un groupe, et écrire l'histoire par l'empreinte de ceux qui la représente. Mais curieusement, aucune idée ne s'est vue applicable exactement au monde réel.

Par ailleurs, le sujet du rêve m'est aussi venu en réalisant son omniprésence dans l'humanité, notamment mis en valeur dans cette incroyable bande-dessinée qu'est Sandman, de Neil Gaïman, dont le personnage principal, personnification du rêve, possède un royaume infini comportant toutes les croyances. Il s'agit bien sûr ici d'un point de vue profondément athée.

Silence

Il y a un temps pour tout.
Même pour le néant sonore.
Une seconde après l'autre,
Pour de longues minutes encore.

Plusieurs fois il m'est arrivé,
Par des rencontres enrichissantes,
D'éponger les peines des amis
Comme des âmes diligentes.

Si l'oreille sert à entendre,
Elle sert aussi à tisser des liens.
Alors que les bavards parlent,
Les sages écoutent les citoyens.

Si l'on dit que la parole est d'argent,
Et que le silence quant à lui est d'or,
Il est parfois mieux d'être moins éloquent,
Car l'écoute est d'un plus grand réconfort.

Comme j'aime contempler et témoigner
Des allées et venues de chaque passant,
J'aime écouter les silences coutumiers
D'un homme meurtri mais bien vivant.

Écouter calmement celui qui veut parler,
L'aider à dire pour apaiser son esprit,
Et dresser aussi l'oreille à ses silences
Sans que des mots ne nient le sens de sa vie.

Notes :

J'ai souvent croisé des gens qui n'aimaient pas le silence. Il m'est arrivé aussi, comme tout le monde je crois, d'en être gêné. Mais pour moi il n'est pas une chose à combler à tout prix.

Ce qui m'a mené à un sujet annexe. Celui de ne pas toujours parler. L'importance d'écouter les autres d'une part, et celui de faire preuve d'introspection d'autre part. Bien sûr, il faut parfois se forcer, si l'on veut interagir avec des inconnus par exemple. Mais savoir écouter est une chose qu'il faut savoir faire aussi. Et elle peut être d'une importance capitale pour tisser des liens durables.

Laisser la parole à l'autre lui donne de l'importance, laisse à l'autre le sens de sa vie. Donner la parole plutôt que la prendre s'avère aussi être un facteur de sociabilité plus efficace que de monologuer pendant des heures.

Bouche cousue

Comme bien des solitaires, en introverti faustien,
Je cherche un sens au monde au fond de mon âme.
Si toujours les alentours peuvent paraître flux de rien,
Je prends sur moi et me garde de tout blâme.

Dure est la dissonance
Lorsqu'on ose voir la nature des choses,
Avec sa violence, son injustice, loin de toutes les utopies.
Mais pour comprendre
Il faut faire fi de toute humeur morose,
Telle est la croix de l'observateur
S'il veut être phare dans la nuit.

Alors mon âme sera conflit chaque fois que je serai seul,
Se demandant si je dois vivre de violentes escalades,
Ou bien plus souvent stoïque et fermer ma gueule,
Pour faire corps avec une meute changeante et malade.

Notes :

On vit un monde compliqué. Du moins on le rend compliqué pour rien. Aujourd'hui tout veut se faire politique. On trouvait ça surtout sur internet, où tout le monde se trouve acteur et consommateur d'information. Maintenant, même le réel se retrouve confronté aux prises de partis politiques. Peut-être que la démocratie dans un monde submergé d'informations contradictoires en est l'une des causes.

Par conséquent, tout le monde juge, et tout le monde s'exprime. Et tout le monde réagit. Même la réaction a maintenant une emprunte politique, alors que l'individu lambda n'a jamais autant réagi, comme si son avis avait une importance. Mais seuls comptent les actes.

En fin de compte, tout le monde est troll, même ceux qui croient les pointer du doigt. Peut-être encore plus ceux qui croient être légitimes pour le faire. Je crois qu'auparavant, les gens ne s'occupaient pas tant de ce que pensaient les autres. Il est surement plus sage de se taire, et agir pour être l'exemple de ce qu'on veut voir autour de soi.

Murmures à nos yeux

Quelle drôle d'époque que celle qui à l'excès,
Produit des chimères par images exposées.
Quel monde fascinant se tient si prêt
De nous mener si loin de la réalité.

Maintenant tout aveugle nos esprits.
Tout se veut être parole de Dieu.
Ici les loups noirs se croient brebis,
Et tous murmurent à nos yeux.

Les écrans partout et toujours allumés
Auront fini de nous embobiner.
À trop vouloir être informés
On ne distingue plus ce qui est à nos pieds.

Alors on se raconte des histoires.
Des contes de gauche, des fables de droites,
Des romans de haut et des nouvelles du bar.
Dictera le monde celui qui laissera la foule béate.

Ainsi chacun prêche sa propre chapelle.
Mais si chacun voit en l'autre un mouton qui bêle,
C'est sûrement qu'il n'y a plus de troupeau,
Ou que chacun sans le voir cherche un berger.

Ne resteront que des loups moribonds,
Des agneaux aux yeux enfantins,
Et de noirs et sauvages moutons,
Noyés en des problèmes byzantins.

Notes :

Des écrans partout, des discours tout le temps, sur les murs, dans la musique. On soupèse l'effet que tout cela a sur nous.

Nous sommes comme hypnotisés, sans trop s'en rendre compte. Les images et les paroles s'imprègnent durablement dans nos cerveaux. Mais toutes ces images ne donnent guère de sens au monde, à nos vies. Je crois qu'on appréhende de plus en plus mal le monde qui nous entoure. On s'en retrouve à suivre des gourous sans trop s'en rendre compte, et à polariser des choses qui ne devraient pas l'être.

Pourtant, l'Histoire nous dit que les byzantins ont été grandement desservis par les querelles de chapelles, et que la famine spirituelle de l'empire romain a été un terreau fertile à un même qui a donné un sens à l'expérience empirique que les citoyens avaient du monde. Non pas que ce soit une mauvaise chose en soi, mais je trouve effrayant que les gens ne s'en rendent pas compte.

Catatonie

Je me suis vu immobile et le souffle bien court,
Face aux fables inaudibles et les sifflements sourds
De l'hallucination collective qui règne ici-bas.

J'ai aussi perçu l'accueil de mes paires à cette farce,
Captant la catatonie
Dans leurs moindres signaux éparses.
Dans leurs yeux la même peur
Et la même envie de mort.

Personne ne s'en rend vraiment compte pourtant.
Même ceux qui écoutent des prophètes impertinents
Ne sont que libres de choisir la peur qui les arrange.

Alors bien en dessous des idées
Logeant au-delà du corps,
Nous achetons des palliatifs à la vie,
Croyant vivre encore.
Peut-être ainsi consommer nous abat-t-il à petit feu.

Si l'action d'acheter n'est pas un si grand mal en soi,
L'inanité l'est bien plus quand le néant se fait roi,
Et que la catatonie se fait sa fidèle représentante.

Alors si toute peur mène tout animal à la tétanie,
On doit trouver la force de croire que ce n'est pas fini
Et que transmettre et créer sera toujours notre salut.

Notes :

C'est l'histoire de trois individus dans une forêt. Ils se retrouvent nez-à-nez avec un ours gigantesque et agressif. Le premier individu prend la fuite et se cache, le deuxième sort un fusil, le troisième reste planté là en se disant que ce n'est qu'un rêve. L'histoire ne dit pas qui survit ou pas, mais présente simplement divers comportement.

Quoi qu'il en soit, la catatonie face au choc est toujours exploitable pour celui qui représente le danger. Il s'agit bien sûr ici d'une parabole. Il n'est pas question de savoir si l'individu qui reste catatonique va survivre. Mais il est en déni de la réalité. Je trouve cet exemple intéressant.

La stratégie du choc, essai rédigé par Naomie Klein, évoque le comportement de légume qu'ont les victimes d'un choc individuel, ou d'un choc de masse. C'est un comportement que l'on peut observer chez bon nombre de gens ici-bas. À moins que ce ne soit qu'une interprétation parmi d'autres.

Le soleil vient de se lever

Délicatement bercé par les douces notes matinales
Du chantier proche,
J'ouvre les yeux sur l'une de ces averses de soleil
Dont les rayons tapent aux vitres.
J'aperçois déjà l'odeur du café,
Qui n'attend de mes lèvres que je les en approche,
En sentant l'orchestre du temps attendre
Que je m'avance vers mon pupitre.

Alors au bord de la falaise de béton
Se jetant de ma fenêtre,
Je lève les mains au ciel
Pour balayer les nuages de poussière.
La vue maintenant dégagée
Sur ce nouveau jour prêt à naître,
Le ciel peut alors être touché sans crainte
Tellement il est clair.

Je souris au soleil.
Il me voit, et fait pareil.
J'en remercie qui de droit,
Quel qu'il soit.

Notes :

A l'origine, j'avais voulu ce recueil comme quelque chose de positif. Certains des précédents textes sont anxiogènes, je l'avoue. J'ai pourtant voulu ce texte simple comme la description d'une discipline.

Voir la vie du bon côté, ce n'est pas dépendant des autres. C'est une chose qui s'apprend, et se pratique, même dans des situations critiques. Voir chaque jour comme une nouvelle conquête de son monde, et sourire à ce monde.

À des instants de ma vie, je l'ai entendu, et je le prenais pour une banalité que les gens déballaient pour se donner du crédit. Mais avec le temps, j'ai compris à quel point tout cela était réel.

Je croyais que c'était une pseudo morale pour réconforter ce qui ne pouvait l'être, sans comprendre que c'était effectivement une routine permettant de prendre la vie avec un peu plus de douceur.

Cellule Seule

Isolée par ses pairs ou esseulée par elle-même,
La cellule solitaire s'est déliée de son organisme.
La nature compose toujours les plus tristes requiems,
Lorsque par sélection elle tue d'un sinistre mélodisme.

Sans le vouloir le groupe est d'une violence inouïe.
Éternellement il isole ses membres non conformes,
Les tuant ou les laissant sombrer seuls dans l'oubli.
Par survie de l'ensemble, la masse définit la norme.

L'autodestruction n'est pas l'apanage de l'humain.
Le singe isolé se défait de ses poils et se ronge la peau,
Le chien sans meute ni maitre refuse les lendemains,
Tout comme l'âme en peine se damne au couteau.

L'individualisme n'a jamais fait honneur au groupement,
Ni même à l'individu qu'il prétend pourtant défendre.
Pourtant le penseur trouve refuge auprès des pensants,
Lui qui des irréfléchis risquait de se faire pendre.

Qui se ressemble s'assemble comme dit l'adage.

Si la nature permet dans un groupe certaines diversités,
Ces dernières peuvent être parfois utiles et tolérées
Comme l'indésirable vaccin sauvant des vies en danger,
Ou bien le même isolé se trouvant parfois partagé.

L'organisme n'est plus si ses cellules
Des unes aux autres se sont détachées,
Et de trop suivre la masse incrédule,
Il peut s'en trouver durement terrassé.

De la différence ou de la conformité,
Pour l'équilibre aucune ne doit être écartée.

Notes :

Dans un organisme pluricellulaire, une cellule qui s'en retrouve écartée entre en apoptose. En d'autres termes, elle s'auto-détruit.

Howard Bloom, dans son Principe de Lucifer, fait une analogie entre un organisme biologique, et un organisme social. En effet, quand un individu se retrouve marginalisé, il tend à s'auto-détruire. Ainsi, l'individualisme mènerait systématiquement à la destruction de l'individu, et in fine, du groupe si ce dernier ne comporte que des éléments individualistes. Mais un organisme viable a-t-il besoin d'être homogène pour autant ? H.B nous rappelle qu'après tout, lorsqu'on soumet à un organisme un petit échantillon externe à un organisme, ce dernier se renforce. En médecine on appelle simplement ça un vaccin.

L'Histoire nous rappelle aussi que certains échanges, comme certains conflits, on permit à certains peuples de se renforcer. Alors un organisme a grand besoin d'homogénéité, comme il peut être renforcé par un élément différent. Face à cela, si les éléments externes sont trop nombreux, alors l'organisme meurt.

Histoires de Muses

Notes générales :

Les hommes tendent toujours à mûrir au contact des femmes. Je crois qu'il est important de rendre à César ce qui est à César. S'élever, poursuivre ses rêves, se sortir de l'immobilisme, même l'importance du groupe social, je l'ai appris au contact de femmes. Ces textes leurs sont dédiés.

La Muse Triste

Il est des êtres qui marquent une vie
Par le simple fait d'être.
Des muses qui par des airs amusés
Rendent les battements de mon cœur musicaux.

La muse triste est de celles-ci,
À ceci près qu'elle se pare continuellement
D'un masque pour brouiller les pistes.
Tel un clown éclairant le visage des anges,
Elle agit tel Pierrot sur le poète et sa plume.

Mais ne dit-on pas que les amuseurs
Sont aussi les plus malheureux ?

La vie a de cruel
Qu'elle n'épargne généralement personne,
Pas même les muses.
Le poète quant à lui, a d'égoïste le désir d'être quelqu'un,
Et il en abuse.
Ainsi je m'obstine, mais me souviens de ceux
Qui un jour ont balisé mon chemin.

Mais alors qu'il est aisé de faire sourire un masque,
Il l'est moins d'égayer son porteur.
Et dans la même passion qui guide la prose,
Je rêve de ravir à la muse ses pensées moroses.

L'art est personnel
Et son expression panse bien des blessures.
Étant fille d'Apollon
Elle saurait sûrement défier le destin et ses morsures.

Ou bien se sentirait-elle fille d'Aphrodite
Et verrait en l'enfantement un contre-sort
À ses heures maudites.
La lame qui l'a percé, je crois la connaitre.
Elle pose son empreinte déifiée mais permet de renaître.

Quoi qu'il en soit, le temps fait son œuvre,
Et tant que la muse vit,
Que la muse rit,
Même avec son masque,
Il y aura de la place au Phoenix
Pour reprendre son envol,
Et regagner ce que la vie lui a pris :
Son sourire.

Fable d'une Muse

Il est des rencontres qui forgent une vie, un caractère,
Et qui donnent des leçons intemporelles sur l'existence.
Il est des histoires qui nous remettent les pieds sur terre,
Et qui après recul, donnent à la vie des buts et un sens.

Ce sont toujours les femmes
Qui font grandir les hommes.
C'est pourquoi les hommes parlent de muse au féminin.
L'histoire du parcours d'une muse comme je la nomme,
En est une qui d'un souffle d'amitié
Emporta les chagrins.

Il est une muse qui, se sentant emprisonnée et délaissée,
Partagea avec un poète un cours moment d'attention.
Les geôles peuvent en zones de confort se muer,
Et voir les pensionnaires leur revenir, à tort ou à raison.

Mais les prisons peuvent aussi se faire impitoyables,
Et c'est d'une bien rude manière que la muse l'apprit.
La zone de confort était alors devenue irréparable,
Et dans cette geôle, plus jamais un pied elle ne remit.

Alors livrée à son propre cœur et ses propres pulsions,
Elle se hasarda à de nouvelles âmes et expériences.
Mais chacun possède ses propres désirs et ses prisons,
Alors la muse se sentit encore seule et vide de sens.

Pire encore, elle se senti affreusement coupable,
Que ses sentiments aient pu causer désolation.
Alors que du suicide l'on croit la tristesse responsable,

C'est souvent la culpabilité qui nous tire vers le fond.
C'est alors que le poète apprit un jour de la muse,
Qu'elle avait essayé la veille de mettre fin à ses jours.
Mais à la disparition et la mort, le poète se refuse.
Et de toute son âme il désira lui porter secours.

La panique mène vite à la mort, et nécessite discipline.
Si la fin se montre,
Il faut appeler quelqu'un de bonne entente.
Connaissant ce mal affreux
En ayant trop côtoyé le spleen,
Le poète se fit diplomate
Et s'exprima d'une voix confiante :

« Si ça avait été la fin, je ne l'aurais même pas su.
Si jamais, seule et en présence d'une arme,
La panique jette sur vous son sournois dévolu,
Préférez tourner vers moi vos yeux en larmes. »

Alors le lendemain, la muse à la mort préféra les mots.
En larme et paniquée,
Son cœur voulu longuement parler.

S'étendre en morale ne sert qu'à gonfler son propre ego,
Alors le poète se tut,
Sinon pour aider la peine à s'éclipser.

Une heure durant les cœurs se sont ouverts, démasqués,
Et au bout du fil les sourires ont fini par se manifester.
Il n'y avait rien de plus beau
Que de voir une âme s'apaiser,
Et le poète, alors lui-même ravi, s'en senti galvanisé.

Pour finir cette histoire en beauté,
Plus tard la muse eut deux enfants,
Et témoigna au poète ses remerciements
Pour l'avoir sauvée de la mort.
Le chantre lui, après avoir pris du recul sur ce conte,
En apprit deux leçons.
Par les jours heureux comme les plus tristes nuits
Il se les remémore.

La première est que plaindre est inutile,
Et moraliser rabaisse.
Une âme en peine, on ne doit surtout pas la dévaloriser.
La seconde est que même si la vie
Maintes fois nous blesse,
Une main une fois tendue
Peut indirectement la perpétuer.

On se confond en tant de choses insignifiantes,
Alors que seule la vie est vraiment importante.

La muse et sa meute

Il y avait neuf muses pour les grecs de l'antiquité.
Filles de Zeus, chacune avait son propre attribut.
La muse qui m'importe ici est d'un type singulier.
Elle ne correspond à aucune des égéries connues.

Cette muse-là était celle de l'amitié et de l'unité.
Elle était toujours entourée. Jamais on ne la vit seule.
Dans ses environs les esprits étaient comme aimantés.
Elle attirait les plus sauvages comme les plus veules.

Si dans sa meute, le désordre pouvait parfois régner,
Elle trouvait toujours un moyen d'apaiser les cœurs.
Mi-divine mi-reine amazone,
D'un simple sourire discret
Et d'un enchantement, elle pouvait calmer les peurs.

Dans la meute, beaucoup s'y retrouvèrent d'eux-mêmes,
Par l'appel naturel du groupe
Et les chants de la demoiselle.
Et à tous ceux, sans groupe, à qui cela posait problème,
La muse leur tendit généreusement
Une main providentielle.

C'est alors que chiens errants et loups
Se serrèrent la patte,
Tout comme les ocelots sauvages et les minets de salons.
De nul coup de griffe ni éclat de voix
Elle ne se fit l'avocate,
Et de toute animal elle tint à écouter les confessions.
Aujourd'hui la meute, par les aléas du temps,
S'est éparpillée.

Maintenant plus mûre,
Chaque bête vole de ses propres ailes,
Et en de nouvelles meutes les animaux se sont retrouvés.
Mais tous au clair de lune
Se souviennent de leur modèle.

La Première Muse

S‘il est aisé de se laisser caresser par le spleen
Et ses tendres démons,
Et de laisser les cœurs brisés guider les plumes
Et dicter les poèmes,
Je préfère écrire sur les muses de qui l’on apprend,
Et honorer leur nom.

Ainsi je dédie ce texte succinct
À la première de mes égéries.
Pas la première à avoir croisé
En coup de vent mon chemin,
Mais la première à l’avoir balisé
De sagesse et d’harmonie.

De sa discrète sensibilité
Elle effleura mon cœur alors dépouillé,
Et la verdure de son regard
Ranima la nature qui en moi dormait.
Elle réussit à relancer mon palpitant
Puis à délicatement le dénuder.

On imagine qu’au contact d’une femme
On ne grandit qu’une fois,
Mais la vie est amusante,
Et c’est à répétition près d’elle que je mûris,
Et systématiquement la maturité, de sa force,
Emplaça mes désarrois.

Les opposés s'attirent

Notes générales :

Versus. Face à face. Duel au sommet de notions complémentaires ou antinomiques, pour le simple plaisir de l'esthétique.

Tendresse (et passion)

Lorsqu'on laisse l'amour mijoter à feu doux,
À deux laissant filer le temps sans se hâter,
S'invite l'instant des baisers dans le creux du cou,
Et s'installent les moments d'attention miroitée.

Entre regards complices et sourires partagés,
Les mouvements, lentement se font caresses,
Aussi les mots se muent en poèmes sucrés,
Comme une incantation à la sainte tendresse.

Alors invoqué, le temps lui-même se dilate,
Comme si deux moitiés se joignant finalement
Suffisaient à ralentir les moments adéquates.

Il est si rare que la course infernale s'arrête
Que de ces instants il ne faut que profiter,
Comme pour célébrer ce que la vie nous prête.

Passion (et tendresse)

Que volent hauts les cœurs,
Que sonnent cors et trompettes,
Que le sol tremble avec force, que rien ne nous arrête.
Tels sont les vœux nécessaires au divin Passion
Pour que de ses pouvoirs il défie la raison.

De sauvages étreintes en rêves de conquêtes,
De courses endiablées pour des vies plus complètes,
Sa volonté ne connait aucune limite
Et ne tolère jamais ceux qui l'imitent.

Alors abusé par son cri, par son appel,
Je me laisse envahir par son parfum cannelle
Et pars conquérir le cœur alors convoité.

Ainsi l'esprit galvanisé et plein d'ardeur,
Sans relâche je désire maintenir la chaleur
Pour que longtemps je profite des vœux de Passion.

Paresse (et action)

Si près, et pourtant si loin.
Qu'il fait beau dehors.
Je dois avancer au moins.
Que je profite d'abord.

Je devrais passer à l'action,
Et alors prendre les devants.
Ô mais quel beau papillon,
Volant sur le soleil levant.

Ainsi lève-toi et marche,
Pars à la conquête du monde.
Mais à ce rêve nul ne m'arrache,
Je préfère la couette et les bras de ma blonde.

Aux phases de production,
Succèdent de douces sirènes,
Celles de la procrastination,
Que la paresse m'amène.

Action (et paresse)

Esprit affuté, tel une fine lame aiguisée,
Corps fier et droit contre vents et marrées.
Comme le chat de gouttière au clair de lune,
L'œil est aussi vif que sa pupille est dilatée.

À l'attaque alors ! Branle-bas de combat !
La guerre n'est que l'absence de paix !
Si la paresse pendant un temps domina,
Il est maintenant l'heure du feu et de l'épée.

Si l'inaction nous entraine dans son cercle vicieux
Son opposé nous rend toujours plus ambitieux.
L'esprit dans l'action, toujours alors galvanisé,
Nous alimente de telles forces qu'elle en fait des envieux.

Il est temps de nourrir mon âme de victoires,
De projets, de jalons, d'échecs nourrissants aussi.
Peu importent les morts, les chutes et autres déboires,
Tant que le flux de la fougue en moi me sourit.

Prudence et assurance

Pauvres de nous. Satané moi.
Fâcheuse tendance avons-nous là,
De l'assurance avoir perdu le goût.
Satané moi. Pauvres de nous.

Si contre le sort je ne peux rien,
Pourquoi donc m'en inquiéter ?
Advienne que pourra, telle est la clé
Qui attrapera le sort pour le faire mien.

Pauvres fous. Satanés émois.
Hideux penchants avons-nous là,
De céder sans prudence aux courroux.
Satanés désarrois. Nous voilà à genoux.

Sur tout ce dont j'ai l'emprise,
Pourquoi tout abandonner ?
C'est ici qu'il faut se contrôler,
Et que la prudence est de mise.

Alors tout élan se trouve sacré,
Le cosmos se mêlant à l'action.
Il faut seulement raison garder,
En proies aux mauvaises émotions.

Elle

Notes générales :

Pour sa beauté, et pour la beauté à toutes. Les textes illuminés du rêveur face à la féminité idéalisée et la passion qui submerge son cœur lorsqu'il l'admire.

Ces Yeux

Jamais je n'ai vu pareille beauté.
S'ils sont en effet miroir de l'âme,
Je donnerai tout pour la sonder.

Des yeux à ranimer les morts,
À raviver le plus petit foyer,
Et à conjurer tous les torts.

La jeune blonde qui les portait,
Était si belle et si pétillante,
Qu'une nymphe l'aurait jalousé.

Tout en elle était si beau et clair,
Qu'elle dégageait une grandeur
Digne d'un poème d'Homère.

Si subjective est la beauté,
J'avoue ici rester pantois
Devant une âme aussi bleutée.

Cette bouche

Sa bouche, si loin que je me souvienne,
N'avait nulle égale tant elle était délicieuse.
Sa douce saveur méditerranéenne
M'inspiraient même lorsqu'elle était bailleuse.

Ses lèvres, si sucrées lorsque que je les dégustais,
Acidulaient de mon âme les parts les plus amers.
Tout repas constitué d'une morne journée,
Mériterait amplement un aussi délicat dessert.

Suis-je enfin prêt à parler d’amour

Un coup de massue, un tir de tromblon,
En plein cœur.

Je dirais un obus, un coup du démon,
Mais sans la peur.

Longtemps peiné et sans espoirs,
J’ai pourtant fini par le ressentir.
Souvent tâtonnant dans le noir,
J’ai enfin vu le chemin s’éclaircir.

Le choc. La vie.
Elle veut en découdre,
L’estoc, le cri,
Le coup de foudre.

Le monde revêt parfois son habit d’évidence.
Il envoie un signal si limpide, si clair et aveuglant.
Qu’il n’est plus possible de voir des coïncidences.
Seul reste à suivre ce chemin si doux et pétillant.

Elements charnels

Notes générales :

Le feu, la terre, le vent, l'eau, comme si l'acte se menait tel un cycle élémentaire.

Feu et Fougue

Quand les cœurs s'échauffent,
Apeuré de se brûler les ailes,
On craint que le feu s'étoffe
Et que les mots s'emmêlent.

Ivre de cette pulsion qui nous lie
J'ai tant de fois eu le cœur embrasé
Par le sourire insistant d'une amie,
Ou le regard d'une muse qui passait.

Je prends soin, même par grand froid,
De garder le cœur près du foyer.
Même si ce dernier me trahi cent fois
Jamais de l'éteindre je n'essaierai.

Chaque fois le même rituel pour tout.
D'abord sans crier gare l'étincelle jaillit.
Ensuite prend le feu et s'accélère mon pouls,
Jusqu'à ce qu'il se propage en incendie.

Ce dernier se propage à mon être,
Jusqu'à enfumer mon âme.
C'est là que Fougue commence à naitre,
Et que du corps la chaleur émane.

Terre et Corps

Les vallées arborent leurs plus belles cambrures,
Et les collines voient leurs sommets en pointe.
Les courbes du paysage se font encore plus pures,
La faune de ses mains peut y placer son empreinte.

Que les montagnes se dressent tels des murs,
Que les failles, de leurs flux divins soient imbibées.
Que le cœur soit vif, et que le bois soit dur.
Que la nature se dresse de toute son intimité.

Vent et Mouvement

C’est quand on a le souffle court
Que l’on sent la tempête arriver.
Si le pouls s’accélère,
Il peut être bon de le laisser nous mener.
Chaque fois je sens glisser dans mon cou
Sa douce brise exaltée,
Les rafales que j’expire
Lui font l’effet d’une légère envolée.

Les doigts courent, puis s’arrêtent,
Puis doucement explorent.
Les droits corps se courbent,
Se meuvent à en perdre le nord.
Le vent léger qui caresse
Se fait alors tourbillon qui mord
Et Dieu sait que l’ouragan de passion
Est toujours brise d’abord.

Que dix fois encore la tornade nous emporte,
Nous et nos âmes,
Je ne me lasserai jamais des corps,
Des soupirs et des brames.
De me laisser porter par l’air doux
Que me donnent les dames,
Maintes fois face au vent
Et encore maintenant je réclame.

Eau et Unis

Tous deux explorateurs en nage dirigés au fil de l'eau,
Nos corps se parent de leurs vêtements d'humidité.
Si le courant passe entre nous, malgré les rouleaux,
Les torrents emportent les remparts de la pudicité.

Une fois cessés les vacarmes assourdissants,
Une fois les caves inondées et les geysers éteints,
La nature semble retrouver son calme apaisant,
Ainsi que la douceur propre aux tendres matins.

Les gouttes se mêlent alors et s'entrelacent.
Les râles bestiaux se changent en chuchotements.
Les vagues sauvages et agitées autrefois tenaces,
Se joignent en une eau paisible par enlacement.

Je me surprends à baigner dans un océan de toi et moi,
Unis par les flots et guidés jusque-là par les éléments.
C'est ainsi qu'après la pluie, dans tes yeux je me noie,
Une dernière fois, avant de sombrer complètement.

Poèmes de chambre

Notes générales : Ne convient pas à tous publics.

Derrière les rideaux,
Dans l'ombre de l'intimité,
Sont les cœurs désinhibés
Qui expriment leur libido.

Fougue est plus que tout

Elle est là, belle ingénue, allongée nue devant moi.
Ce n'est pas un corps, ce n'est pas une simple femme.
C'est ELLE. C'est LA femme qui cette nuit me fait roi.

Mais je suis là, comme elle. C'est nous, et c'est bien réel.
C'est elle dont je serre les hanches de mes fermes mains,
Et dont les murmures haletants
Ne soufflent que des voyelles.

C'est elle qui se cambre et de ses ongles
Me signe la peau.
C'est moi qui, ivre de vie, me plonge en elle avec passion.
C'est nous qui honorons Nature et son explosif chaos.

Si l'on croit faire un exercice, une mise en pratique,
Avec ses codes, ses règles et ses mouvements,
On ne retire de l'instant qu'une danse acrobatique.

Les plus divins moments
Ne sont pas faits de simples efforts,
Mais de la conscience de l'instant présent,
De son unicité,
Et de l'alchimie des âmes
Par la pénétration des corps.

Miroir, mon beau miroir

Il n'est pas si aisé de se voir à la troisième personne,
De se regarder droit dans les yeux par son reflet,
Et moins encore de s'admirer lors des nuits polissonnes.

Pourtant lorsque les regards des partenaires se croisent,
D'abord gênés, comme le voyeur surprenant son forfait,
Les yeux se font complices et rieurs lorsqu'ils se toisent.

Miroir, mon beau miroir, suis-je beau quand je le fais ?
Ma partenaire en nage est-elle plus belle
Vue de plus loin,
Et ses courbes mouvantes
Plus attirantes alors reflétées ?

Miroir, mon beau miroir, es-tu si beau
Parce que c'est nous ?
Parce que c'est moi qui le torse bombé
Joue le conquérant,
Ou parce que ses yeux m'admirent
Lorsqu'elle est à genoux.

Ce jeu-là si coquin sait pimenter
Les soirs d'intimité partagée.
Quel plaisir lorsque la glace
De nous se fait témoin oculaire,
Et qu'en son image l'amour sauvage
S'en trouve alors décuplé.

Douceur nocturne

Minuit l'heure du crime,
L'heure de ce pêché pourtant si doux.
Et quel tendre meurtre que celui de mon lourd sommeil,
Lorsque je senti ses lèvres
Sur mon soldat au garde-à-vous.

La belle qui partageait ma couche ne voulait pas dormir,
Sûrement réveillée par quelque instinct
Purement animal,
Prête à plonger sur sa proie nullement prompte à rugir.

Consciente de mon éveil,
Elle me dévisagea de ses yeux félins,
Et entreprit son escalade prédatrice
Sur mon corps désarmé
Jusqu'à emprisonner le fougueux soldat
Et sceller son destin.

Aux anges que j'étais
Et si agréablement pris au dépourvu,
Je ne pus m'empêcher de sourire à l'insatiable panthère
Qui se délectait d'une chaire que je lui offrais en tribut.

Si sauvage était cette nuit que le sommeil emporte.
Ô ardente nature, j'implore tes fougueuses amazones.
N'hésite jamais à me délivrer de Thésée de la sorte.

Idées et balivernes

Notes générales :

Un peu de tout. Idées diverses, esthétiques ou saugrenues, inspirées de ma vie et sa poésie.

Solfège

Dorment les sourds quand s'agitent les badauds,
Réalisant que le temps des musiques est déclaré.

Mirages de sons partagés entre bons amis,
Façon orchestre, nous font lever de nos sofas.

Solitaires et outrecuidants quittent peu à peu le sol,
Las de la monotonie, profitant des sons que voilà.

Si la musique s'autorise parfois quelques acrobaties,
Donne-t-elle par son existence ses simples cadeaux.

Notes :

La musique a son propre sens, sa propre lecture. Elle sonne à l'oreille par les rimes. Et si l'on faisait un poème non pas fait de rimes, mais en faisant correspondre les débuts et fins de vers avec les notes de la gamme de do majeur.

Instruments

Sonnez trompettes lorsque la batterie tape du pied.
Les cuivres ont cette aura qui enorgueillit le cœur.
Alors saxos et trombones aisément sont mêlés,
Pour galvaniser la foule et pour lui faire honneur.

Alors entre en scène la guitare, débordante d'énergie.
Cette fougueuse dame au tempérament électrique
De nos déhanchements veut se faire l'égérie,
Comme pour nous séduire par son ton unique.

La basse, que l'on croit plus suave ou bien douce,
Se gonfle alors d'un groove endiablé et palpitant.
En effet sur sa corde sensible s'agitait un pouce,
Qui en elle réveillait des rythmes retentissants.

SI cette curieuse compagnie n'était pas tant unie,
On jurerait voir un cirque d'individus extravagants
Voulant tirer du vacarme une entrainante mélodie
Et tirer du sommeil de lumineux lutins dansants.

Conquête

De tous temps sur Terre
S'est manifesté le feu et sa fureur,
Faisant trembler les bêtes,
Calcinant les plus douces fleurs.
On estime souvent
Que la première conquête de l'homme
Est la canalisation des flammes en foyers énormes.

On pensera peut-être aussi à l'invention de la roue,
Qui donna aux échanges et partages
Un incroyable ajout.
L'homme moderne tend toujours à se parer d'orgueil,
Quand il évoque ses créations qu'il voit d'un si bon œil.

Mais c'est vite oublier que l'espèce humaine
Tient son hégémonie d'un tout autre domaine,
Celui de la meute et sa sélection naturelle.

Ainsi la première conquête de l'homme
En terme individuel,
Loin de toute invention,
N'est-elle pas encore plus naturelle ?
N'est-ce pas simplement
La conquête du cœur des femmes ?

Images et Textes

Des asiatiques fantasmes de Neo-Tokyo,
Au sombre passé du défunt Comédien,
Je vogue au gré des pages et de leurs propos.

Les mythes du Rêve, et leur lecture opportune,
Me font autant rêver que le monde réel,
Comme lorsque l'on a marché sur la Lune.

Alors nous relatons nos Blasts, nos Affinités sélectives
Nos pensées sur l'enfermement d'âmes en machines,
Lorsque la bande dessinée se fait presque éducative.

Certaines nous proposent des univers si grands,
Que nos esprits en composent des Requiems,
Captivés par des artefacts pyramidaux et luminescents.

Mais j'ai trop vu de fées et de conductrices de chars,
Et passé mon Déclic,
J'ai fini par me rabattre sur les textes.
Notre monde propose trop d'images
Nous laissant hagards.

Notes :

Petit poème à mes années de bédéphilie obstinée.
Toutes sortes de références y sont mentionnées.
Arriverez-vous à toutes les débusquer ?

Bas Les Masques

Je vois passer les gens et ne peux m'empêcher
De me demander qui se cache derrière les loups.
Personne ne se montre à ce grand bal masqué,
De peur de révéler ce qui est en nous.

Je vois partout des masques souriants
Portés par des êtres attristés.
Des masques malveillants
Sur des visages inquiets,
Ou bien des masques bienveillants
Cachant des troupes galvanisées.
Beaucoup d'heureux déguisements
Couvrent des âmes désincarnées.

Plus drôle encore, à cette fascinante observation,
Chacun croira voir les êtres sous les parures,
Mais à ce jeu personne n'a tout à fait raison,
Car sous son masque on se croit toujours pur.

Sous le loup de la société et ses sourires,
Se cache l'immonde bête aux crocs acérés.
Devons-nous à ce point d'un leurre la couvrir ?
Ou devons-nous vraiment la laisser grogner ?

Je pense que les masques d'un instant
Ne sont pas ceux de celui d'après.
Que cela vaut pour un siècle durant,
Comme à l'échelle d'un être humain.

Je crois que la bête ne va pas sans son apparat,
Que d'en changer est plus simple qu'on le croit,
Que le masque modifie la manière dont on voit,

Et qu'à l'individu donne un pouvoir et une aura.
Notes :

Les apparences peuvent être trompeuses.

J'ai toujours pensé que si la comedia del arte, les représentations théâtrales gréco-romaines, les rituels mystiques ou mortuaires antiques utilisaient des masques, c'est que l'homme avait une fascination pour les représentations, et désirait soit cacher sa nature animale, soit la laisser transparaitre, désinhibée par le masque.

Serait-on alors possédé par le masque que l'on porte, à travers la désinhibition qu'il procure ?

Grisé par le Chaos

Que la nouveauté est grisante.
Tant de beauté dans ce chaos.
La nécessaire paranoïa galopante,
Génère des réactions à tous niveaux.

Tels les artistes et les introvertis,
Libérés des routines imposées,
Je suis de ceux qui, loin de l'ennui,
De tout cela se sentent galvanisés.

Je sens partout des êtres apeurés,
Restants bouche bée ou bien l'œil hagard.
Mais je vois aussi des gens réveillés,
Réalisant l'étincelle dans leur propre regard.

Tout le monde sort doucement de la léthargie,
De certaines contraintes et certaines prisons.
À défaut de pouvoir sortir de son propre logis,
Nous sommes tous invités à l'introspection.

Les oiseaux entonnent gaiement leurs sérénades.
Plus aucune voiture pour leur couper la parole.
Les chats du quartier nonchalamment gambadent.
En maitres des lieux, ils l'animent de leurs cabrioles.

Et loin du calme des villes et des campagnes,
Lorsque la maladie exécute son sournois dessein,
Restent près des victimes ceux qui les accompagnent,
Debout face à la mort et réalisant de vertueux destins.
Alors écoutez les soldats de la vie,
Ces guerriers et mercenaires du soin,
Qui sans relâche combattent la maladie.
Rester chez soi œuvre ici pour le commun.

Cherchez en vous alors, et trouvez-vous.
Restez droit face à ce naturel tour de force.
La vie donne toujours ses rendez-vous,
Même dans les moments les plus atroces.

Notes :

Ce texte a été écrit en mars 2020, pendant le confinement dû à l'épidémie. Il a été peu réfléchi. Il témoigne du ressenti que j'avais, de ce que je voyais et ressentais à ce moment-là autour de moi.

Belle et Amour

Si par le jeu des mœurs, Belle se voulait absolue,
Elle enviait à Amour son éternel éblouissement.
À cette faiblesse, elle ne s'était point résolue,
Si bien qu'elle décida de rompre cet agacement.

Belle aurait pu raison garder et glorifier Amour,
Mais l'arrogance lui fit prendre une autre direction.
Défier son rival lui parut être un meilleur recours,
Pour s'octroyer les divins pouvoirs de Cupidon.

Belle dit alors à Amour ces mots provoquants :
Là-bas se cache un rat solitaire des plus déplaisants,
Je sais que ma beauté saura en faire un amant,
Et que mon art peut se substituer à tes talents.

Amour était pourtant d'un tempérament fougueux,
Mais à ce défi il ne répondit que par un sourire.
Courroucée, Belle s'en retourna d'un air furieux
Et se dirigea vers l'inaimable rat pour le conquérir.

N'a-t-on jamais vu tant de beauté pour séduire un rat ?
Belle s'y essaya pourtant, usant de tous ses charmes.
Elle était magnifique dans ses plus beaux apparats,
Prête à émerveiller les passants jusqu'aux larmes.

Mais à tant de beauté, l'animal point ne céda.
Malgré son bouillonnement il n'était pas à son aise
Et aux avances de la belle il ne répondit pas.
Il préférait les rattes inaimables, ne lui en déplaise.
Mais l'animal avant de partir lui dit ces mots :

Peut-être avez-vous déjà vécu ces moments-là,
De côtoyer tellement un être pourtant pas si beau,
Que vous finissez par en voir des charmes délicats.

Alors de voir la Belle se démener sans résultats,
Amour éclata d'un rire des plus retentissants.
Puis il prit la parole et d'un ton solennel énonça
Ces quelques mots de son air le plus resplendissant :

Nous n'aimons pas ce qui est beau,
Nous trouvons beau ce que nous aimons.

Notes :

Ce poème est inspiré du Débat de Folie et d'Amour, écrit par Louise Labbé. C'est l'idée d'une fable moderne, à travers la personnification de notions abstraites, ici la beauté, et l'amour.

On y trouve des notions comme le rapprochement entre personnes proches (qui se ressemble s'assemble comme on dit).

Le siffleur

Comme le rossignol semble en gaîté
Lorsque de bon matin tout près il se pose.
Il entonne joyeusement sa mélopée
Clamant au monde ses plus belles proses.

Les chorales de fermes,
Au charme champêtre,
Laissent volontiers les oies et cygnes
Sonner de leurs trompettes.

Les coqs, en fiers chanteurs d'opéra,
Content des histoires de jours et de nuit,
Lorsque la poule, qui jamais ne volera,
Bat le rythme par le son qu'elle produit.

La mouette peut bien se moquer,
Elle ne sait finalement que rire.
Qu'importe la cacophonie que j'émets,
Je m'imagine profiter de mon empire.

Parce que oui, je le dis haut et fort,
Je fais partie de ces gens qui face au monde,
Chantonnent et sifflent en défiant le sort,
Pour qu'en mon âme je ne vois plus rien d'immonde.

Rhum Orange

Si toujours les spiritueux
Furent compagnons des bardes,
Votre serviteur ne fait nullement exception à cette règle.
Bien sûr loin des consommations excessives,
Dieu m'en garde,
J'ai aimé consommer diverses liqueurs
Par des élans espiègles.

Si toujours le rhum fut compagnon des pirates,
Il m'a quelques fois accompagné lors de mes voyages.
Mais lorsque j'étais encore un jeune primate,
J'y mettais encore de l'orange, croyant à leur mariage.

À l'époque je me souviens, j'étais grand guignol.
Si ce maudit fruit enrobe tout de sa douceur,
Il ne fait que cacher les démons de l'alcool,
Pour mieux endormir la méfiance du buveur.

Sitôt bu, sitôt chut.
Là était mon état.
J'étais alors étendu
Ne pouvant suivre la fiesta.

Était-ce affaire de dosage ?
Nul ne sait. Surtout pas moi.
J'ai oublié tout de cette plage
Et de ce que nous faisions là.

Je sais seulement que de mes mouvements
Je n'étais plus maitre.
Je sais que dans mes souvenirs du moment
Je n'étais plus être.

Plus jamais. Non plus jamais l'on ne m'y reprendra,
À jouer les pirates en mousse mélangeant le rhum.
Je dirais même, plus jamais dans mon verre on ne verra
De ce sucre dont il est dit qu'il adoucit le sérum.

Balade Nocturne

La vie nous donne parfois des coups si forts
Que l'on ne les digère que par l'introspection.
Sans trop qu'on ne s'en rende compte alors,
On se retrouve face à de nombreuses questions.

Si par discipline on peut se diriger vers la méditation,
Le rêveur perdu vivra des options plus instinctives.
Par le passé, maintes fois dépassé par mes actions,
Je me retrouvais seul la nuit en balades instructives.

Pour une raison ignorée, j'étais attiré par la pénombre.
La balade nocturne se présentait comme un grand saut.
La peur de ne rien voir devant soi, même pas son ombre.
Si le jour est ivre et lumineux,
La nuit est son digne verso.

Si mon quartier arlésien
Laissait mon esprit libre vagabond,
Le pont de l'autoroute
Gardait son tintamarre ininterrompu.
Maintenant plus curieux que pensif,
Je réalisais pour de bon,
Qu'un escalier sous ce pont,
Menait à un passage impromptu.

Si tôt les marches escaladées,
Je me trouvais dans un long couloir.
Ce corridor était le pont, littéralement,
Et il était long comme lui.

Les pneus galopaient au-dessus de ma tête,
Dans ce boulevard,
Et les tremblements dégénérés n'avaient d'égal
Que leur bruit.

Alors hardi je m'engageais
Dans la gueule béante du Léviathan.
Quelques rares lueurs artificielles
Me redonnaient courage, ouf,
À chaque lumière,
Le séisme repoussait sa violence pour un temps.
Du moins la peur s'effaçait face aux secousses
Et leur barouf.
J'arrivais au bout du tunnel pourtant.
Et au bout, le même escalier.
Je m'y suis élancé aussi sûr que dans l'aventure
Je m'étais engagé.
Dévalant les marches quatre à quatre
Et les poumons éventés,
Je me retrouvais vite loin de chez moi,
Dans une nouvelle allée.

Se dressa alors devant moi un hangar délabré,
Tel un manoir hanté.
Il paraissait si grand.
Ses dimensions n'étaient pas envisageables,
Tant sa face cachée se perdait
Dans cette zone nullement éclairée.
Cette marche sur mes sentiers intérieurs
Avait trouvé son diable.

Parfois on se confronte soi-même à des peurs,
À des douleurs.
Je cherchais peut-être çà et là de quoi me sentir libre,
Me sentir vivant.

Alors n'écoutant plus que les assourdissants battements
De mon cœur,
Je pénétrais en ce Pandemonium de fer et de béton
À l'air si menaçant.

Peur. Emerveillement. Beauté. Apocalypse.
En ce chaos mélangeant désordre et vide,
La lune infiltrée par les brèches et vitraux brisés
Mettais à l'honneur les ombres et les simples formes.

Les tags récents des artistes vagabonds passants
Et squattant
Se mêlaient aux mauvaises herbes envahissant
De nouveau le sol.
Le néant entourant les piliers leur donnait
Des airs d'arches grandioses.

Passé là un moment, passant de salle en salle,
D'étage en étage,
Et parcourant les escaliers aux marches
Parfois manquantes,
Je finis par sortir le cœur plus léger,
Et libéré de toute peur.

Je pense y avoir trouvé ce que je voulais.

Ce diable, cette liberté, ce regain d'essence vitale,
Qui me faisait pourtant défaut
Au début de cette balade nocturne.

Notes :

Ce texte est entièrement réel. Il décrit plus ou moins ce qu'on appellerait maintenant de l'urbex. Mais ma démarche n'était pas venue d'une curiosité pour les vieux bâtiments délabrés. Il s'agissait plutôt d'une marche nocturne méditative. Ainsi vous est-elle racontée.

Table des matières

Édition : Sebastien de Frutos,
18 Avenue Emilie 06600 Antibes

ISBN : 978-2-9579473-1-7
Dépôt légal : août 2021